X. (Cte)

1883. Mars. 14

327 Chambre des Commissaires Priseurs. Envoi à la Bibliothèque Nationale

Vente du Mercredi 14 Mars 1883

HOTEL DROUOT, SALLE N° 7

DESSINS ANCIENS

ARRIVANT D'ITALIE

ET

Formant la Collection de M. le Comte X.

EXPOSITION PUBLIQUE
Le Mardi 13 Mars 1883

DE 1 HEURE A 5 HEURES 1/2.

COMMISSAIRE-PRISEUR
Me GEORGES PIERRON,
88, rue de la Victoire.

EXPERT
M. E. FÉRAL, PEINTRE
54, rue du Faubourg-Montmartre.

Yd1 8

CATALOGUE

DE

DESSINS ANCIENS

DES ÉCOLES

ITALIENNE, FLAMANDE, HOLLANDAISE ET FRANÇAISE

Formant la Collection de M. le Comte X.,

DONT LA VENTE AURA LIEU

HOTEL DROUOT, SALLE N° 7

Le Mercredi 14 Mars 1883

à deux heures.

Par le ministère de Me **Georges PIERRON**, Commissaire-Priseur,
88, rue de la Victoire;
Assisté de **M. E. FÉRAL**, Peintre-Expert, 54, Faubourg-Montmartre;
Chez lesquels se trouve le présent catalogue.

Exposition Publique, le Mardi 13 Mars 1883
De une heure à cinq heures et demie.

CONDITIONS DE LA VENTE

Elle sera faite au comptant.

Les acquéreurs payeront, en sus des adjudications, *cinq pour cent* applicables aux frais.

Paris. — Typ. Pillet et Dumoulin, 5, rue des Grands-Augustins.

DÉSIGNATION

DESSINS ANCIENS

ANDREA DEL SARTO

1 — Etude de plusieurs écoliers.

Très beau dessin, à la pierre d'Italie.

2 — Figures nues.

Études pour un personnage en prière.
Au verso :

Une femme drapée dans un manteau.

Beaux dessins, à la pierre d'Italie.

3 — Sainte en prière.

Au bistre.

ALBANO

4 — Diane découvrant la grossesse de Calisto.

Au bistre.

ALLORI (ALEXANDRO)

5 — L'Adoration des bergers.

Crayon noir, rehaussé de blanc.

6 — Étude d'ange sonnant de la trompette.

Estompe et crayon blanc.

BALDINI (BATTISTO)

7 — Les noces de Cana.

A la plume et au bistre.

BAROCCI

8 — Le Christ descendu de la croix.

Plume et sépia.

9 — Personnage en prière.

Crayon noir.

BASSANO

10 — L'adoration des bergers.

A la plume.

BARTOLOMMEO (attribué à FRA)

11 — Saint Sébastien.

Pierre d'Italie.

BRAUWER

12 — Un homme debout.

A la pierre d'Italie, rehaussé de blanc.

BREUGHEL (J.)

13 — Entrée de village coupé par une rivière.

Aquarelle.

CALLOT (JACQUES)

14 — Le Manège.

Fin et précieux dessin, à la plume.

CAMBIASO

15 — Composition allégorique, fronton pour un monument.

Beau dessin, à la plume et au bistre.

CAMPAGNOLA

16 — La Cène.

Beau dessin, à la plume.

CAMPI (GIULIO)

17 — La descente du saint Esprit sur les Apôtres.

Sépia.

18 — Femme âgée, en buste.

Sanguine.

CARRACCI (AGOSTINO)

19 — Un homme accroupi.

Beau dessin, à la sanguine.

20 — Figure d'homme et figure de femme.

A la plume. Deux dessins.

CAVEDONE

21 — Etude de plusieurs personnes.

Pierre d'Italie.

22 — Personnages et sujet religieux.

Quatre dessins.

CESI

23 — Personnages et sujets religieux.

Six dessins.

CIGOLI

24 — Saint François en prière.

Sanguine.

CORRÈGE (attribués au)

25 — Figures mythologiques.

Étude pour un plafond de forme ronde. Plume et bistre.

26 — Vénus et l'Amour.

Sanguine.

27 — Etudes de figures pour Loth et ses filles.

Sanguine.

CRAYER (GASPARD DE)

28 — Tête d'homme.

A l'encre de Chine, rehaussé de blanc, sur papier gris.

CRESPI (DANIEL)

29 — Le Christ couronné d'épines.

A la plume et au bistre.

CRESPI (ANTONIO)

30 — Rebecca à la fontaine.

Beau dessin, à la plume et au bistre.

DIEPENBEECK (ABRAHAM VAN)

31 — Sujet tiré de l'histoire sainte.

A l'encre de Chine, rehaussé de blanc.

32 — Guirlande d'Amours.

Plume et encre de Chine.

33 — Une exécution.

Encre de Chine.

DOLCI (CARLO)

34 — Tête de jeune garçon.

Pierre d'Italie et sanguine.

DOMINIQUIN

35 — Enfant en prière.

A la pierre d'Italie, rehaussé de blanc.

DUMONSTIER

36 — Portrait de femme âgée.

Très beau dessin.
Crayon noir et sanguine estompés.

37 — Portrait d'homme.

Très beau dessin.
Crayon noir et sanguine estompés.

DYCK (ANT. VAN)

38 — Portrait de jeune femme, en Diane chasseresse.

Pierre d'Italie.

39 — Portrait d'une princesse debout et vue à mi-corps.

A la pierre d'Italie, rehaussé de blanc.

DYCK (ANT. VAN)

40 — Groupe d'amours.

Pierre d'Italie.

41 — Tête de cheval.

Très belle étude, au crayon noir, rehaussée de blanc.

DYCK (attribués à ANT. VAN)

42 — Portrait de femme, vue à mi-corps.

Pierre d'Italie.

43 — Tête d'enfant, les cheveux bouclés.

Sanguine et pierre d'Italie.

44 — Mort d'Adonis.

A la pierre d'Italie, rehaussé de blanc.

45 — Sujet religieux.

Encre de Chine.

FRANCESCHINI

46 — Sujet mythologique, modèle pour un plafond.

Sépia.

47 — Même sujet avec des variantes.

Sanguine.

FRANCK

48 — Le départ de l'enfant prodigue.

Plume et sépia.

GENNARI

49 — Tête d'homme.

A la plume.

50 — Personnage assis.

Sanguine.

GUERCHIN

51 — Jeune femme, vue à mi-corps.

A la plume et au bistre.

52 — Enfant debout.

Étude pour un saint Jean.
A la plume.

53 — Portrait de jeune homme.

Pierre d'Italie.

54 — Saint Antoine, saint Jérôme, sainte Madeleine.

Sanguine et crayon noir.
Trois dessins.

GUIDO RENI

55 — Personnage en prière.

A la pierre d'Italie, rehaussé de blanc.

56 — Tête d'enfant.

Sanguine.

57 — Personnage lisant.

Pierre d'Italie.

JORDAENS

58 — Sujet biblique.

Aquarelle.

LAIRESSE (GÉRARD DE)

59 — Portrait d'un sculpteur.

Sanguine.

LANFRANCO

60 — Deux évangélistes.

Sanguine et pierre d'Italie.
Deux dessins.

LELIO

61 — L'Assomption.

Encre de Chine.

LEONE (OTTAVIO)

62 — Deux portraits.
Jeune homme et jeune garçon.

Très beaux dessins, à l'estompe, légèrement colorés au pastel.

63 — Portrait de jeune homme.

Crayon noir et sanguine, rehaussé de blanc.

LORRAIN (Attribués à Claude Gellée, dit le)

64 — Joseph vendu par ses frères.

Sépia.

65 — Paysage avec bergers conduisant leur troupeau.

Plume et sépia.

LUINI (Genre de Bernardinos)

66 — La Sainte famille.

Sanguine, sur papier teinté.

MAGANZA

67 — Sujet religieux.

Beau dessin, au bistre

MANTEGNA

68 — Tête d'enfant.

A la pointe d'argent.

MICHEL-ANGE (d'après)

69 — Groupes de figures.

Etudes d'après le Jugement dernier, à la pierre d'Italie, rehaussé de blanc. Deux dessins.

MOLENAER

70 — Paysage hollandais. Effet d'hiver.

Pierre d'Italie.

MOLOSSO (AGOSTINO)

71 — Hercule.

A la plume. Deux dessins.

MOTTA (RAFFAELLO)

72 — Sainte portée par des anges.

A la sépia, rehaussé de blanc.

NIVELLARA (GIULIO)

73 — Les Muses.

Très beau dessin, à la plume, d'après un bas-relief antique. Avec la gravure.

74 — Triomphe de Bacchus et d'Ariane.

Etude d'après un bas-relief antique.
A la plume.
Avec la gravure.

PANNINI

75 — Motif d'ornement pour un plafond.

Plume et aquarelle.

PASSAROTTI

76 — Tête de jeune homme.

Plume.

PASSIGNANO (Le)

77 — La Vierge dans une gloire et plusieurs Saints.

Plume et bistre.

PESARO (SIMONE)

78 — Figures mythologiques et sujets religieux.

Etudes. Six dessins.

ROMAIN (JULES)

79 — Bataille.

A la plume et au bistre.

80 — Femme assise.

Plume et bistre.

RUBENS (P. P.)

81 — Diane et ses nymphes à la chasse.

Pierre d'Italie et sanguine.

82 — L'Adoration des bergers.

Pierre d'Italie.

83 — Groupes de figures.

Etude pour un sujet représentant la Visitation.
Au verso :

Un génie ailé.

Plume et sépia.

84 — Groupe d'anges.

Etude pour le tableau, la Vierge aux anges, qui est au musée du Louvre.
Pierre d'Italie et sanguine.

85 — Moine debout tenant un livre.

Etude pour le tableau des miracles de saint Benoît.

Pierre d'Italie.

86 — Femme vue de dos.
Etude de chien.

Trois dessins sur la même feuille.

87 — Deux figures d'hommes armés de coutelas.

Etude pour une chasse.
A la pierre d'Italie, rehaussé de blanc.

88 — Un aigle les ailes déployées.

Pierre d'Italie.

89 — Etude de chameau.

Pierre d'Italie.

RUBENS (Attribués à P. P.)

90 — Une femme et un homme couronnés de pampres

Etude pour le sujet appelé le Croc-en-jambe.
A la pierre d'Italie, sur papier gris, rehaussé de blanc.

91 — Etude de plusieurs personnages pour un festin.

Pierre d'Italie et sanguine, rehaussé de blanc.

92 — La Chute des anges rebelles.

A l'encre de Chine, rehaussé de blanc, sur papier gris.

93 — La Vierge dans une gloire tenant l'Enfant Jésus dans ses bras.

Sanguine.

94 — Sainte en buste et groupe d'anges.

Pierre d'Italie et sanguine.

SALVATOR ROSA (Attribués à)

95 — Alexandre et Diogène.

Sanguine.

96 — Apollon et Marsyas.

Pierre d'Italie.

SNYDERS

97 — Chiens poursuivant un sanglier.

Pierre d'Italie et sanguine.

TENIERS (DAVID)

98 — Villageois buvant et chantant, à la porte d'un cabaret.

Plume et sépia.

99 — Danse de villageois.

Pierre d'Italie.

100 — Intérieur rustique.

Pierre d'Italie.

101 — Fumeur allumant sa pipe.

Mine de plomb.

102 — Intérieur de tabagie.

Pierre d'Italie.

103 — Fumeurs.

Pierre d'Italie.

104 — Ustensiles de cuisine.

Mine de plomb.

105 — Paysage avec moulin.

Pierre d'Italie.

TERBURG (G.)

106 — Seigneur pinçant de la guitare.

A l'estompe, rehaussé de blanc, sur papier bleu.

TIBALDI

107 — Groupe de personnages.

Beau dessin, à la plume.

108 — Groupe d'anges sur des nuages.

Etude pour une adoration de l'Enfant Jésus.
Au bistre.

TINTORET

109 — Saint Jean.

Etude pour un baptême du Christ.
Au bistre.

110 — Figure de Christ.

Au bistre.

111 — Martyre d'un saint.

A la plume et au bistre.

112 — Etude de deux personnages.

Crayon noir.

TITIEN

113 — Un Moine debout.

Crayon noir.

VASARI (GIORGIO)

114 — Berceau monumental avec ciel soutenu par des cariatides.

Au sommet, deux génies tiennent un écusson aux armes des Médicis surmontés d'une couronne fleurdelisée.

Très beau et curieux dessin, à la plume et au bistre.

VELDE (VAN DE)

115 — Marine par un temps d'orage.

Aquarelle.

VOUET (SIMON)

116 — Le Repos de la Sainte famille.

A la pierre d'Italie, sur papier gris, rehaussé de blanc.

WOUWERMAN

117 — Chasseurs faisant halte.

Pierre d'Italie.

ZEEMAN

118 — Mer houleuse, avec navire de guerre. Combat naval.

A l'encre de Chine.
Deux dessins.

ZUCCARO (THADEO)

119 — Un Evangéliste.

Au bistre, rehaussé de blanc.

ÉCOLE HOLLANDAISE.

120 — Le Jugement de Pâris.

Modèle pour un plafond.
Au bistre.

ÉCOLE ITALIENNE

121 — Groupes de personnages.

Trois études, d'après la dispute du Saint-Sacrement.

A la sépia, rehaussé de blanc.

INCONNU

122 — Cour et escalier d'un palais.

Deux aquarelles.

123 — Sous ce numéro qui sera divisé, seront vendus environ 100 dessins non catalogués.

www.ingramcontent.com/pod-product-compliance
Ingram Content Group UK Ltd.
Pitfield, Milton Keynes, MK11 3LW, UK
UKHW020229180726
13838UKWH00005B/2274